Mots d'excuse

Patrice Romain

Mots d'excuse

Les parents écrivent
aux enseignants

ÉDITIONS FRANCE LOISIRS

Édition du Club France Loisirs,
avec l'autorisation des Éditions François Bourin.

Éditions France Loisirs,
123, boulevard de Grenelle, Paris.
www.franceloisirs.com

Le Code de la propriété intellectuelle n'autorisant, aux termes des paragraphes 2 et 3 de l'article L. 122-5, d'une part, que les « copies ou reproductions strictement réservées à l'usage privé du copiste et non destinées à une utilisation collective » et, d'autre part, sous réserve du nom de l'auteur et de la source, que les « analyses et les courtes citations justifiées par le caractère critique, polémique, pédagogique, scientifique ou d'information », toute représentation ou reproduction intégrale ou partielle, faite sans le consentement de l'auteur ou de ses ayants droit ou ayants cause, est illicite (article L. 122-4). Cette représentation ou reproduction, par quelque procédé que ce soit, constituerait donc une contrefaçon sanctionnée par les articles L. 335-2 et suivants du Code de la propriété intellectuelle.

© François Bourin Éditeur 2010
ISBN : 978-2-298-04556-7

*À mes trois amours :
la Clo, la crevette et Titi.*

Avant-Propos

Plus de vingt rentrées scolaires en primaire devant d'«adorables petits». Des blonds, des bruns, des blancs, des noirs, des bleus (souvent à la fin de la récré). Des amorphes (rarement), des 100 000 volts (souvent). Des «fils de». Des «fils de?». Des futurs pompiers ou footballeurs professionnels. Des futures maîtresses. Des Gavroche et des poupées Barbie. Des pleureurs, des rieurs, des qui boudent, des qui «j'vais l'dire à mon père». Des qui sprintent et qui tapent, des qui collent aux basques de la maîtresse. Des bébés-dragueurs, des griffeuses, des mordeuses. Des gros, des p'tits, des p'tits gros. Des Einstein et des cerveaux lents. Des double Dalton (huit dans l'école). Des renifleurs et des «morve au nez», parfois les deux. Des lacets défaits et des braguettes ouvertes. Des Chevignon et des Kiabi. Des sandales en hiver et des diamants véritables à l'oreille. De multiples «P...» ou «fait ch...» pour un seul «fichtre!» Des chouchous à sa maman et des orphelins d'amour, etc.

Plus de vingt années passées à écumer des écoles de banlieue parisienne et de province. Des chics et des chocs. Avec des parents bobos, d'autres gauchos et d'autres fachos. Quelques anarchos, un ou deux nobliaux. Parfois rigolos… mais souvent involontairement. Des Gaulois, des Sarrasins. Des vraies têtes, des faux-culs. Des pères verts (pervers?) de rage, à l'âme blanche comme un corbeau. Des mères belles de loin, des mères loin d'être belles. Des sportifs et des gras du bide Des costume-cravate et des sweat-casquette. Du Chanel n° 5 et de l'eau de Cologne. Des 4x4, des scooters et un vélo à rétropédalage avec porte-bagages avant pour transporter la petite. Des NAPeurs* et des rappeurs. Des artistes, des RMistes, des quart-mondistes. Des râleurs, des cogneurs, des phraseurs. Des «écoutez-moi», des «je vous écoute». Des très classe et des pétasses. Des imparfaits du subjonctif, des imparfaits tout court. Des politicards, des tricards, des smicards. Des rentiers à dentiers, des prolos à polos, etc.

Prenez l'ensemble, ajoutez-y un sachet de stress naturel, deux zestes de rancœur accumulée après

---

* N.A.P. : Neuilly Auteuil Passy.

une scolarité chaotique, trois gouttes d'appréhension et un soupçon de sadisme ou de jalousie anti-enseignant. Secouez bien en annonçant une ou deux réformes polémiques. Pour pimenter le tout, vous versez au dernier moment une cuiller de professeur syndicaliste. Vous obtenez un délicieux cocktail lors des réunions de début d'année. Ce savant dosage est à consommer avec modération et à déguster lentement car il est rare : l'Éducation nationale, par peur de la gueule de bois sans doute, a horreur des mélanges.

Et forcément donc vingt ans de correspondance. Sur une feuille A4 (banal), sur le carnet prévu à cet effet (courant), sur une feuille du cahier de textes déchirée (à la partie du mercredi, celle que l'on n'utilise pas), sur une carte de visite, le carnet de brouillon, un papier à en-tête ou au dos du livret de compétences. Au stylo plume bleu (Mont-Blanc), au bic rouge, au feutre violet baveur ou au crayon à papier. Avec des majuscules en imprimerie ou en délié. Des écritures de médecin ou d'élève de CP appliqué. Des phrases qui font des montagnes russes. Sur des papiers percés (plume + énervement), tachés (encre, huile, chocolat), détrempés (région pluvieuse + long parcours à pied), froissés (hésitation : je jette ? j'envoie ?) ou décorés (libre expression artistique du petit dernier).

Des mots méprisants ou condescendants (un peu), des mots d'excuse ou de justification (beaucoup), des mots qui photographient le milieu familial (passionnément), des mots qui racontent, ou plutôt résument l'amour des parents pour leur enfant et leur angoisse face au risque d'échec scolaire (à la folie), des mots insignifiants (pas du tout).

Des mots à la ponctuation originale, au style très personnel, avec des fautes d'orthographe et de syntaxe. Mais écrits bien souvent avec le cœur, parfois brisé, et l'âme, parfois outrée. Sans retenue ou artifice. Qui illustrent parfaitement les liens si particuliers (je t'aime moi non plus) unissant les parents aux enseignants…

Dans un premier temps, j'ai recueilli ces perles épistolaires avec pour seul objectif de tenter d'arracher quelques sourires au lecteur potentiel. Objectif réalisable à partir du moment où le premier test est réussi : faire rire les collègues, même les blasés proches de la retraite, lors de la pause café de la récréation. Et puis, les années passant, je me suis rendu compte que, finalement, ces écrits reflétaient notre société au quotidien.

Ce livre n'est évidemment pas plus un traité de psychopédagogie qu'une analyse profonde de la société : je n'ai ni les connaissances, ni les compétences nécessaires pour rédiger un tel ouvrage. Je ne me per-

AVANT-PROPOS

mettrai pas non plus d'émettre un avis (que d'ailleurs personne ne me demande) sur les rapports parents-enseignants, je laisse ce soin aux grands spécialistes…

Ce recueil n'a pour seule ambition que de vous faire sourire en regardant par le petit bout de la lorgnette les rapports de nos concitoyens à l'écrit, dans un premier temps.

Et si, dans un deuxième, il pouvait vous amener à une courte réflexion sur les relations parents-enseignants, vous pourriez vous vanter d'avoir fait au moins un heureux : votre serviteur, qui aurait ainsi joint l'utile à l'agréable.

Bonne lecture !

Patrice ROMAIN,
deux enfants, donc parent d'élèves,
donc sans doute sujet d'hilarité
en salle des maîtres

Les mots d'excuse sont présentés dans
leur orthographe originale, sans correction
ni modification de la part de l'auteur.
Seuls les noms des personnes concernées
ont été changés.

I – Les tensions entre élèves

Détective privé

Monsieur,

Je me permets de vous écrire suite à une petite enquête que j'ai mené : il y a un mois environ, mon fils a apporté un MP3 à l'école. Il l'a prété à un dénommé Victor. Ce dernier (je met au conditionnel) l'a prété à sa grande sœur qui est au collège. Or, il semble (je met encore au conditionnel) que cette dernière l'a vendu a un 3ème. Ce dernier (je met encore au conditionnel) se l'est fait confisquer par un surveillant.

La s'arrête mon rôle. Pouvez-vous prendre la suite et régler cette enquête avec le directeur du collège afin que nous récupérions notre bien ?

Je vous remerci de votre diligence et reste à votre disposition pour tout témoignage.

*P*eace and love

Monsieur,

Sa commence a bien faire : sa fait pleins de fois que des petits morveux minsulte au téléphone ! Et en plus il racroche au nez ! Je sais que ses les copins a Cédric parce que ils se batte tout le tant a l'école. Merci de leur dire que leur histoires de gosse jan veut pas a la maison. Quils se démerde a l'école je vous fait confiance pour leur an maître une et que sa sarrête.

Merci monsieur.

❧

*I*ntégrisme pileux

Monsieur,

Il y a dans l'école une petite « Jessica », Fanatique des paires de ciseaux !

Elle a coupé une mèche de cheveux de Charlotte (au dessus du Front).

Pourriez-vous réglé cela pour moi et s'il vous plait, veillez à ce que cela ne se reproduise pas

Merci Mr Frimutand.

❧

Règlement de comptes

Madame,

Ma fille se fait embêtée par le célébre Yassine. Pouvez-vous lui demander d'arrêté car si je viens lui dire je ne ferai pas le voyage pour rien. Merci.

Délinquants sexuels

Madame,

Je suis désolée de vous informée qu'il y a une bande de petits vicieux dans les CE1 B qui n'arrêtent pas d'embétés ma fille en voulant qu'elle les embrasses. Si ils ont des pulsions sexuelles, ils n'ont qu'a se faire soignés, mais ma fille, elle est pas obligée de dire oui a tout le monde. Pouvez vous réglée se problème ?
Merci.

P... de M... !

Madame,

Mon fils, qui apprend vite dailleurs, est revenu hier soir de l'école avec un vocabulaire que je qualifirai de «fleuri». Il me dit que ce sont ses camarades de classe qui lui apprennent tout cela. Evidemment, je sais bien que ce n'est pas vous! Mais pourriez-vous dire à ces grossiers personnages de cesser immédiatement?

Bien cordialement,

*M*ise au point

Monsieur,

Je vous remercie de bien vouloir confirmer à la dénommée Cécile que je ne suis ni une prostituée, ni une fille facile, comme elle a tendance à le dire à ma fille.

Salutations distinguées.

*A*u voleur

Monsieur

Je fait toujour l'inventaire de la trousse de ma fille. Je me suis aperçue qu'il n'y avait plus sa gomme. Veuillez regarder dans les trousses de c'est camarades car c'est une gomme que j'ai donner a angélique tout neuf. Il y a G.A. dessus au feutre. Il lui manque aussi son ciseau rose avec son nom et son prénom. Je vous remercie d'avance.

⁂

Allo police ?

Monsieur,

Merci de faire la police dans votre cour de récréation avant que je ne vienne la faire. Mon fils a le droit d'uriner tranquillement dans les toilettes sans qu'on l'arrose. Je me demande quelle société on construit pour plus tard.

Salutations.

⁂

Non-violence

Madame,

Ma femme et moi avons à cœur d'élever notre enfant dans la dignité humaine et le respect des autres.

Or, nous constatons qu'il se fait régulièrement agresser par de soi-disant camarades à chaque récréation.

Je vous signale que, si j'ai fait promettre à Nicolas de ne pas taper sur les autres, cette promesse ne tient pas pour moi. Merci donc de prévenir ses agresseurs qu'ils s'exposent à des représailles. Ce n'est que de la légitime défense.

Je compte sur vous et vous remercie par avance de régler cette histoire à l'amiable.

❦

Zoo

Monsieur

Bénédicte a été victime hier à la récréation d'une bande de sauvages hurlants qui l'ont jeté à terre à la récréation de dix heures.

Pouvez-vous tenir en laisse ces animaux sauvages qu'on appelle élèves dans votre école ?

Merci.

❦

Homophobie

Madame,

Pouvez-vous expliquer aux sinistres individus qui ont traité Frédéric de, excusez le terme, «pédé», qu'ils tombent sous le coup de la loi ? Se rendent-ils compte de la portée de leurs propos ? De la violence de leurs paroles et du traumatisme engendré ?

Sommes-nous retournés au moyen-âge ?

Je me réserve donc le droit de porter plainte si de tels actes se reproduisent sans qu'une sanction exemplaire soit appliquée.

Je compte néanmoins sur votre sens du respect et de la tolérance et vous prie de croire, madame, en l'expression de mes sentiments distingués.

Crainte de représailles

Madame

Iher soir j'ai eut une alctercation avec le père a Bryan. Je l'ai étandu par terre.

Fete attention car je veut pas que mon fils subit a lecole la vengence de bryan car il a les boule que sont père a mangé dur a cause de moi mais ses lui qui a cherché et sa y faut pas.

Merssi davance madame la maitresse.

École de rugby

Monsieur,

Mon fils s'est fait bousculer dans la cour par un dénommé Sébastien, du CM2. Je compte sur vous pour dire à ce Sébastien là de ne pas se prendre pour son illustre homonyme Sébastien Chabal.

Je vous remercie d'avance de votre intervention.

Débat participatif

Madame,

Je vous demande si je peux participé au nouveau jeu qui se déroule dans votre école : ils se mettes à plusieurs contre mon fils. Mais moi, je peus resté tout seul !

Donc arreté sa s'il vous plait, merci beaucoup.

Dura lex sed lex

Madame,

Je fais appel à votre sens du devoir et votre intégrité morale pour faire cesser l'injustice dont est victime ma fille, même si j'ai longtemps hésité avant de jouer les délateurs : sa voisine n'arrête pas de copier sur elle, or, au final, elle a de meilleures notes !

*R*èglement de comptes

Monsieur,

J'ai hier soir été dérangé à mon propre domicile par le père d'Anatole qui se plaignait parce que mon fils, d'après lui, a tapé le sien à la récré, ce qui est loin d'être prouvé ou immérité, au vu de son profil. Cette histoire, vous en conviendrez aisément, relève de votre autorité et de votre compétence puisqu'elle s'est passée sur votre territoire. Je vous engage donc à prendre contact avec ce monsieur un peu nerveux afin qu'il me laisse dans la quiétude de mon foyer.

Je vous prie d'agréer l'expression de mes sentiments distingués.

―――

*D*roit de retrait

Monsieur Romain étant absent, je me vois dans l'obligation de m'adresser à vous.

Depuis le début de l'année scolaire, Magalie est la tête de Turc de certains de ses «camarades» de classe, avec toutefois quelques accalmies.

Cela s'est traduit dernièrement et en plusieurs occasions par des insultes, crachats, bousculades, coups et bris d'objet personnel.

Magalie n'a plus envie de se rendre en classe et hésite à sortir seule de la maison de peur de les rencontrer.

J'estime que Magalie ne dispose plus de sécurité suffisante et ne se rendra donc pas en cours jeudi.

Je vous demande s'il est possible d'envisager son transfert dans une autre école afin qu'elle termine son année scolaire normalement.

Sincères salutations

II - Les poux

La honte

Monsieur
 Bérangère était remplie de poux, de lentes. Je lui est fait une teinture colorente. Merci de faire passé le message. C'est une Honte d'arrivé à l'an 2000 et d'avoir des poux,
 Merci d'avance.

Avis d'enquête

Madame,
 Cela fait maintenant trois fois en deux mois que ma fille est remplie de poux. Mais d'où viennent-ils ? Est-ce que vous pourrez vérifiez les têtes des autres et dire au coupable de se traiter ? Merci d'avance.

Secret-défense

Monsieur,

Veuillez trouver sous pli fermé ce mot qui vous informe que mon fils Steven a attrapé des poux. Je compte naturellement sur votre discrétion et sur celle de vos collègues pour enquêter afin de retrouver celui ou celle qui contamine les autres.

Sentiments respectueux.

❧

Conseil pédagogique

Madame,

En classe, quand vous en serez à la règle du pluriel des noms en « ou », pensez à insister auprès de certains de vos élèves sur les « poux » : Frédéric en avait plein la tête hier soir…

❧

La fin du monde

Monsieur,

Il est arrivée une catastrophe a la maison hier soir : Julie est revenu de l'école avec des poux pleins la tête. Nous lui avons coupé les cheveus pour la soignée. C'est pour sa quelle porte un bonnet. Merci quelle le garde en classe passque comme sa sa évite quelle en ai d'autres et en plus elle a un peu la honte avec ses cheveus coupés.

Merci monsieur, on va sans sortir vous en faite pas.

⁂

*A*lerte générale

Monsieur

Justine avez des lentes et des poux. Attention ! Attention ! Merci d'avance de prevenir les autres parents.

⁂

*L*égaliste

Monsieur,

D'après la loi, est-ce que les élèves qui ont des poux ont le droit de venir à l'école ? Car ma fille en a encore attrapé ! Il serait temps de faire appliquer la loi !

⁂

*D*éçue

Monsieur,

Je pensais votre école bien tenue car elle a bonne réputation. Eh bien non! Ma fille a attrapé des poux hier. Je vous prie donc de rapidement faire le nécessaire pour ne pas écorner votre image de marque en éradiquant ces sales bêtes dans les plus brefs délais.

Respectueusement,

*D*e bon conseil

Monsieur,

J'ai bien lu votre affiche dans l'entrée.

Vous dites que les poux sont de retour? Permettez-moi de rire à gorge déployée: Ah! Ah! Ah! Je vous annonce en effet qu'ils ne sont jamais partis!

Et si vous investissiez dans les insecticides plutôt que dans du matériel à l'utilité douteuse, qu'en pensez-vous?

Excusez mon ironie coléreuse.

Je vous salue respectueusement.

*C*yclique

Monsieur,

Septembre : des poux. Décembre : encore des poux. Mars : toujours des poux. Je fais des provisions de parapoux pour le mois de juin !

Merci de mettre les autres familles en garde !

― ∽ ―

*D*élateur

Madame,

Je vous informe confidentiellement qu'il y a dans votre classe un ou plusieurs élèves assez sales pour avoir des poux. La preuve : mon fils en a attrapé.

― ∽ ―

III - Les absences

*F*ataliste

Monsieur

Escuser moi, pour ce Matin une petite panne de Reveille. Que voulez-vous, c'est la vie !

Merci d'avance.

❦

*R*outard pédagogue

Madame,

Vous savez peut être, je suis routier et je voyage beaucou. J'ai pensé qu'il est bien pour mon fils de l'amené voire du pays, surtou pour sa géographie. Je par demain et je vous pris d'escusé son absensse pour jeudi et vendredi.

Merci il vous ramenera un souvenir.

❦

C'est courant

Monsieur

Escuser moi pour Lundi panne de Reveil. Et oui ça arrive a tout le monde même a moi!
Merci.

Simple distraction

Monsieur

Jennifer n'a pas put aller à l ecole ce matin car elle avait oublier son cartable chez sa Grand mère Le B.

Maman non présentable

Monsieur le directeur

Veuillez exuser l'elève Sophie V. pour son absent
je n'ai pas pu me presenté avec elle parce que son père m'a frappé je ne peux pas sortir.

*G*uerre à l'école

Ma fille T. Stéphanie, ne pourra pas venir à l'école le samedi 13 janvier.
MOTIF : Maux de tête et fièvre en raison des blessures qu'elle a eu au visage à l'école.

*T*élégramme

Nous somme partie en wik – kem

*A*h si vous saviez !

Monsieur,
Cela fait quatre fois que ma fille est absente et cela fait quatre fois que vous me demandez un mot d'excuse. Je crois savoir que vous n'avez pas d'enfant. C'est sans doute la raison pour laquelle vous vous acharnez ainsi. J'excuse donc une nouvelle fois Bénédicte.
Salutations distinguées

C'est l'enfer

Monsieur,

Je m'escuse que Jennyfer ne c'est pas présenté à l'école ce matin. Car sont petit frère à la varicelle, moi la maman je passe des nuits d'enfer, parole.

Merci d'avance.

Priorité

Madame,

Ma fille Barbara n'est pas venu en classe vendredi car j'avais des choses très importante a faire et sa ma pris toute la journée. J'aurai du vous avertir avant, sa c'est décidé a la dernière minute. Je m'en excuse.

Veuillez madame recevoire mes salutations.

Prudence

Monsieur,

Cindy n'a pas étée en classe ce matin, sa maman avais des douleurs. Préférant ne pas prendre de risque, sa maman a jugée bon de la garder

auprès d'elle, au cas où il y aurais urgence. Je vous prie de recevoir monsieur l'expression de notre profond respect.
Cordiallement

―――

Têtue

Madame,
Sarah est venue jeudi mais la porte était fermer. Elle a été sonner à la porte du directeur mais personne ne lui a répondu. Elle est donc remonter à 8 h 50 à la maison car elle avait insisté espérant que quelqu'un passerait par là. Salutations.

―――

Profs disparus

Monsieur.
Bénédicte s'est rendu a l'école lundi 3 mars à 8 h 25. elle et revenue car elle ne vous a pas vue dans la cour. Il y avait que des élèves. Je l'est envoyer 2 fois à l'école. Je vous prie de m'exusé. Mais je l'est bien envoyer a l'école lundi matin 3 mars à 8 h 25.
Sa tante

*C*ontrition

Monsieur

Escuser moi pour samedi matin. Encorre une petite panne de reveil. Escuser moi encorre. Pardon. Pardon. Pardon.

❧

*P*as ma faute

Monsieur,

J'ai l'honneur de vous demandé de bien vouloir avoir l'obligence d'excusé mon fils Toussaint pour son absence d'hier totalement indépendente de sa volonté et de la mienne dailleurs.

Veuillez agréé, monsieur, l'expression de ma plus sincère et respectueuse considération distingué.

❧

*P*as ma faute *(bis)*

Monsieur,

Veuillez escusé l'absence de Cédric hier mais ses mon ex mari qui l'avez ce week end et il est parti chez les parents à son espesse de copine en Bretagne et ce faignant il a pas eu le courage de me le rendre dimanche soir il la gardé à dormir chez lui mais ne vous en faite pas j'ai téléphoné à mon avocat et ça va chaufé pour son matricule car lécole ses important.

※

*B*avarde

Veuillez exuser l'absence de l'élève Dupont Aurélie le samedi 4 avril, parce que j'ai eu une petite discution à la maison. Nous étions obliger de partir.
Veuillez agréer tous mes salutations distinguées. Merci d'avance.

※

*A*nti réforme

Johnny n'était pas la samedi matin. C'est bien beau de faire des réformes mais ont ferait mieux de s'attaqué au problème du samedi matin qui emmerde tout le monde, enfin moi en tout cas. En plus il a pas classe tout les samedi j'y comprend rien. Se mot est valable pour l'année.
Merci d'avance de votre compréhension.

※

*T*ous mes vœux de bonheur

Madame,

Veuillez escusez l'absence de Jimmy pour lundi dernié mais on était au mariage à son tonton Kéké et sa tata Dodo. Il aurait raté sa pour rien au monde!

Merci!

―――

*P*as organisée

Escuser moi pour l'absence de Kévin pour samedi dernié mais en se momant ses vraiment le bordel a la maison et en plus il fallait faire les courses.

―――

*I*nnocente

Monsieur,

Damien était absent hier après-midi car il ma acompagé au comissairia pour une histoire pas clair mais moi je ni suis pour rien du tout. Ne croyé pas se con dit! Se son des histoires con raconte! Sa reste quand même entre nous deux car vous conaissé les gens du quartier comme ils on vite fait de raconté nimporte quoi.

Merci.

❦

*H*onnête

Monsieur,

Je ne vais pas vous racontez des contes à dormir debout. Si Didier n'est pas venu hier à l'école, c'est qu'il a eu une crise de flemmingite aigüe.

Mais bon, pour une fois je ne vais pas lui jeté la pierre, et vous non plus j'espère…

❦

*P*hilosophe

Madame,

C'est sûr, ma fille n'était pas à l'école hier. Mais, quand on y réfléchit, qu'est ce que 6 heures dans toute une vie ? N'y a-t-il as des choses autrement plus graves en ce monde ?…

Sincèrement vôtre,

❦

Bis repetita

Alors oui, Elisabeth a encore été absente et alors vous allée lui demandé un mot et bien cette fois ci je vous le done avant et vous pourez rien lui dire.

Merci d'avance

―∞―

Grosse fatigue

Monsieur,

Je vous prie de bien vouloir excuser les absences répétées de Dorian ces deux dernières semaines.

Trop de démarches, trop de fatigue, trop de contrariété, de tristesse…

On dit toujours que le temps travaille pour nous mais il est bien difficile au bout de si peu de temps de calmer les douleurs.

Sentiments les meilleurs.

―∞―

Simples coïncidences

Monsieur,

Je tiens à vous rappeler aussi que malheureusement si Lucie à été autant absente ces derniers temps c'est parce qu'elle n'as pas arrêter d'être malade et que par hasard cela tombait le lundi. Vous pouvez vérifier ses absences de l'année dernière ce n'est pas une élève qui manque souvent l'école.

Malheureusement je ne pourrai faire en sorte qu'elle ne tombe pas malade un lundi matin et je m'en excuse.

Salutations

Tissu de mauvaise qualité

Madame,

Escusez Angélique pour vendredi : comme il pleuvait sa robe pour le mariage allé déteindre alors elle est resté a la maison.

Impossibilité physique

Lundi, Valérie ne pouvait pas venir à l'ecole parce qu'elle ne pouvait pas se reveillé elle s'est reveillé à 9h00.

Habituée

Monsieur

Escuser moi, pour ce matin une panne de reveille.

Merci d'avance.

⁂

Habituée (bis)

Monsieur

Escuser moi pour samedi panne de reveil.

Merci d'avance.

⁂

Habituée (ter)

Monsieur

Escuser moi pour ce samedi Matin. Une petite panne de Reveil

éscuser moi encore

Merci d'avance.

⁂

IV - Les retards

Promesse

Monsieur

N'ayant Pus se reveiller à L'heure Je Vous adresse toutes mes sinceres escuses les plus Plates. à l'avenir Nous allons essayer que, cela ne se reproduise.

Veuillez, croire en mon Profond respect.

Le petit frère est malade

Monsieur

Escuser moi pour se Matin. Car le petit frère à Sassia à ete Malade toute la nuit et il a chié partou.

Merci d'avance.

Amateur de foot

Monsieur,

Je m'escuse pour le retard a Tony, mais on a fait la fête hier avec la victoire de l'OM. Vous qui aimé le foot vous devez comprendre.

Sur ce bon courage pour se matin. Moi je retourne me couché.

Débordée

Monsieur,

Oui Thomas arrive souvent en retar et non je ne fait pas de mot. Mais si vous voulez maidé le matin avec les quatres a habiyé, ya aucun problème je vous ouvre la porte quand vous voulez.

Réveil contrarié

Suite à une nuit agitée Causée Par mon fils Stéphane, de 7 mois le réveil de ce matin m'a été Compromis.

Merci.

Retardataires ponctuels

Je soussigné, Madame C. que mes enfants, David et Virginie V. se présentent en classe ce jour le 27 juin 2006. à 10 h 15 présises.
Salutations
Distinguées.

―――

Logique

Monsieur,
Mon fils etait en retard hier, mais il navait pas de mot parsse que si je fesais un mot il serait encore plus en retard et vous aurez été encore plus en colère.

―――

Fuseau horaire

C'est facile a dire que ma fille était en retard, mais vous n'avez jamais pensé que c'était vous qui êtes en avance? Parce que j'ai l'heure de la télé! Vous avez qu'à vous mettre a mon heure et ma fille sera a l'heure, c'est pas plus compliquer!

Encore à cause du petit frère

Escuser moi pour ce matin, mauvaise nuit avec leur petit frère. Merci d'avance.

Problème de géométrie

Monsieur,
Vous me dites que Christophe était encore en retard ce matin. Je vous promets pourtant que je le lève avant de partir travailler. Pouvez-vous lui expliquer que le plus court chemin pour aller d'un point à un autre c'est la ligne droite et non pas le tour du quartier parce que à mon avis il doit prendre le chemin des écoliers.
Salutations.

Je serai brève

Madame,
Pisque vous voulez un mot d'escuse pour le retard à ma fille, le voila.
Au revoir.

On ne va pas chipoter

Madame,

Vous me demandez un mot d'excuse pour le retard exceptionnel de Charlotte. Soit. Ne pensez-vous pas cependant qu'à l'heure où se prépare peut-être la 3ème guerre mondiale il y a des choses plus importantes dans la vie ?

Salutations distinguées.

※

Y'a pas que lui !

Monsieur,

OK mon fils a était en retar hier. Mais quand ces un prof vous lui demandé aussi un mot ?

※

Y'a pas que lui (bis)

Monsieur,

C'est la conscience tranquille que je vous écris pour excuser l'absence de mon fils avant-hier après-midi. Juste une petite question : exigez-vous toutes ces tracasseries administratives des autres élèves ?

※

Boute-en-train

Monsieur,

Je sais ce que vous allez dire : un retard ça va, trois retards bonjour les dégâts.

Désolé donc pour Yohan, merci de votre compréhension, un peu d'humour ça ne fait de mal à personne.

Laïcité

Maintenan que cé le ramadan, vous allé nous laissé tranquil avec vos istoirs de retar a brahim jespèr.

Merssi de votre respet.

Mauvais exemple

Madame,

OK mon fils était en retard hier, j'avou. Mais quand un train arrive en retard, vous demandez un mot d'excuses à la SNCF ?

Salutations et joyeux Noël (en avance)

Idée originale

Monsieur,

Vous dites que Sébastien était en retard hier. Pour moi, il était à l'heure. Afin d'éviter ces échanges stériles de mots sur les montres qui n'indiquent pas la même heure, y aurait-il moyen d'installer une sirène sur le toit de l'école, que vous actionnerez quand c'est l'heure ? Je crois savoir que celle des pompiers à la mairie n'est plus utilisée maintenant, vous pourrez peut-être la récupérer ?

V – Les contestations diverses

À chacun son travail

Monsieur,

Il est hors de question que mon fils ramasse à nouveau les papiers dans la cour. Je paye des impôts (ce qui n'est pas le cas de tout le monde dans cette école) et ça doit servir à quelque chose.

Salutations distingués.

―――

À chacun son travail (bis)

Madame,

Oumar ne couvrera pas le livre de la «bibliotèque de l'école» car se n'est pas son rôle et il a emprunte «non» couvert. l'esclavage, ces fini!

Merci.

―――

Remise en cause pédagogique

Vous faite faire de l'ordinateur à mon fils en classe. Bravo! Je vous signale quand même qu'il en a un à la maison et déjà qu'on lui dit qu'il passe trop de temps dessus! Et en plus, il a du progrès a faire pour ses tables de multiplication alors je ne sais pas si votre méthode est la meilleure pour qu'il travaille de ses mains plus tard.

Remise en cause pédagogique (bis)

Madame,

Mon fils n'a rien compris a la multiplication avec vous et quand je lui est expliqué il a tout compris. C'était claire comme de l'eau de roche. Vous ne penser pas que votre méthode est un peu bizare?

La fourmi n'est pas prêteuse

Madame,

J'élève mon fils dans le respect de nos valeurs laïques et républicaines et dans l'amour de son prochain. Je l'encourage donc à rendre de menus services.

Mais là, trop c'est trop : vous serait-il possible de demander à son voisin d'acheter un tube de colle ? Mon fils n'est pas une vache à lait : prêter une fois, d'accord, mais tous les jours, non !

Je vous prie de croire, madame, en l'expression de mes sentiments distingués.

*P*as logique

Madame,

pourquoi Ibrahim devra payer 15 euros pour un vieux livre tous déchirer qui date de plusieurs années et en plus les pages vont que a droite, a gauche ?

Merci.

*A*vis déterminant

Madame,

Jordann n'a pas fait les lignes que vous lui demandiez car moi sa mère et responsable de lui, n'a pas voulu qu'il les fasses car je trouve cela vraiment inutile.

*I*ncompétente

Comment voulé vous que je fasse un costume de soldat pour Firmin ? Je ne suis pas couturière, je suis juste sa mer !

―・―

*P*unition injuste

Monsieur,
    Mon fils ne fera pas sa punition car il est innocent et je le crois. Oseriez-vous affirmer par écrit qu'il est coupable ?
    Sentiments distingués.

―・―

*P*unition injuste *(bis)*

Monsieur,
    Vous avez eu raison de punir Christophe s'il a fait une bêtise. Le problème, c'est qu'il n'a rien fait. Alors ? J'attends une confirmation de votre part pour qu'il fasse ses lignes.

Avis pédagogique

Madame,

Les têtes vertes qui sourient et les rouges qui font la tête, ça égaie peut-être les cahiers, mais je ne suis pas certaine que cette notation soit celle du baccalauréat. Est-ce ainsi désormais que vous devez préparer les élites françaises ?

Signé : une maman mécontente des directives ministérielles qu'on vous impose.

Régime

Monsieur,

Vu son poid, Jordan ne mange pas de bonbon. Pourquoi il faut qui ramasse les papiers dans la cour ? Il est deux fois punis !

Merci d'avoir pitié de lui.

Manque de condition physique

Monsieur,

Alors là je suis littéralement stupéfaite : il paraît qu'on oblige mon fils à débarrasser la table à la cantine ! Je croyais pourtant que, vu le prix qu'on nous fait payer (enfin, pas à tous, suivez mon regard), il serait dispensé de ce genre de tâche…

Si vous voulez exiger de lui des résultats scolaires l'après-midi, ne l'épuisez pas le midi !

Bien à vous et sans rancune,

※

*O*pprobre

Madame,

Permettez-moi d'émettre de vigoureuse protestations car je ne suis pas du tout d'accord avec vous sur la punition de Sarah.

Je vous agrée mes salutations distingués, néanmoins.

※

*C*riminel

Madame,

Comme vous le savez sans doute, Eléonore, ma femme et moi sommes végétariens et ne faisons de mal à personne.

C'est pourquoi nous avons été choqués par votre idée d'apporter une sardine en classe afin de la disséquer pour montrer ses branchies.

Nous vous demandons instamment de ne pas obliger notre fille à assister à ce genre de scène de boucherie d'un autre temps (les médias s'en chargent malheureusement). Il ne nous semble d'ailleurs pas que cela soit au programme du primaire…

*D*étail primordial

Madame,

J'accepte le non acquis de Mickaël en devoir, mais je vous signale quand même que la chèvre de monsieur Seguin s'appelle Blanchette et non Blanquette. Vous devez confondre avec le vin !

Permettez-moi à mon tour de vous mettre non acquis. Je blague naturellement, encore que, si les parents notaient les profs, il y aurait des surprises !

Respectueusement,

Note de l'auteur : le nom est bien Blanquette…

*M*on fils, ce génie

Quoi ? Mon fils doit faire du soutient ? Il est pas fous que je sache ! Je suis sa mère, non ?

Et si vous avez besoin de mon avis et bien je vous dit non, c'est dit.

En revoire madame.

*P*as vu pas pris

Monsieur,

Vous dite sur la feuille que mon fils a triché. Franchment, y'a jamais eu un but daccordé avec un hors jeu que l'arbitre avé pas vu ? Alor si vous l'avé pas pris en flagrant délis, c'est trop tard !

Merci davance.

*P*as tout compris

J'ai bien lu votre mot. pour qu'on mette des microbes dans ma fille, non merci ! Il est pas question quelle se fasse vaccinée ! Sandra n'est pas une vache ! J'ai pas confiance dans la ministre, et je reste poli.

Mais vous sa va.

Merci donc pour le non que je vous dit. C'est moi qui est responsable d'elle.

*D*ésinfection

Monsieur,

Il y a dans votre école des élèves qui visiblement apportent un tas de microbes d'on ne sait où car leurs camarades tombent comme des mouches. N'y aurait-il pas moyen de faire appel aux services municipaux (ils ne doivent pas être débordés) pour désinfecter l'air des classes de nos enfants ?

Je vous remercie de votre compréhension et vous salue respectueusement.

❦

*N*a !

Madame,

Ces quelques lignes juste pour vous dire que je suis très mécontente.

Je vous dit au revoir, madame, mais je ne vous salut pas.

❦

VI – Les contestations de notes

Un point, c'est un point

La moyenne de français est pour moi de 7,93 et non 7,5

Par ailleurs pourquoi un C en gym alors que Sylvie a été pratiquement absente du fait de ses verrues???

※

Je m'en moque

Monsieur,

Si vous pensé que Barbara a pleurée a cause de son D en gym vous vous trompé lourdement : on veu pas en fair une champione olympic !

Au revoir monsieur.

※

Non, ma fille n'est pas bête

Monsieur,

Myriame à révisée les leçons des matières qu'elle avait pour lundi et non ceus de mardi étant donné qu'il n'y avait pas grammaire ce jour je ne vois pas le rapport avec ce mots à faire signer. et de plus Ma fille n'est pas amnésique comme vous lui faîte ecrire. une défaience peux arriver.

Merci de votre compréhension de ma réaction à ce mot.

Cordialement

❧

Sans rancune

Monsieur,

Je trouve étonant que Sylvie ai un ab seulement en conduite alors que sa voisine qui n'arrête pas de bavarder avec elle a un tb. Je vous fait quand même confiance mais quand même il me semble important de signaler cette injustice car ma fille n'ai pas plus cancre que sa voisine dont je ne dirais pas le non car je ne suis pas une balance.

Je vous présente mes sentiments distingués et je ne vous en veut pas.

❧

*V*érificateur assermenté

Madame,

Pourriez-vous avoir l'obligeance de bien vouloir me transmettre votre barème de notation du contrôle de mathématiques ? J'ai bien évidemment entière confiance en votre honnêteté intellectuelle, mais je souhaite vérifier quelques points…

Je vous remercie de votre compréhension et vous prie d'agréer l'expression de mes sincères salutations.

*S*ignature sous condition

Je refuse de signé une note aussi mauvaise. Thomas ma dit qui devrait avoir la moyenne. Merci de bien vouloir corrigée la note pour que je la signe.

*C*ontestataire, mais poli

Madame,

Sauf erreur ou omission de ma part, il me semble que la moyenne de français de Sylvie est de 14,5 et non pas de 14 tout court. Je vous pardonne aisément car je sais que vous êtes incapable de faire du mal à une mouche, à moins que ce ne soit une faute de frappe, mais les bons comptes font les bons amis.

Vous remerciant de l'attention que vous porterez à ma requête, je vous prie de croire en mes meilleurs sentiments les plus respectueux.

※

Ma fille est un cancre

Je ne suis pas très d'accord avec vos notes ! Sabrina fait trop d'étourderies ! des ab quand elle peut avoir tb ! et tb quand c'est ab !!! bizarre !! Tout un dimanche passé à lui expliquer ce qu'elle n'a pas acquis en classe. Elle aurait dû redoubler le CE1

Signé : parent insatisfaite de l'élève qu'est sa fille !!!

※

Négociations

Madame,

A cause de vous, Julie a pleurée hier a cause de ses notes. Je sais que vous avez bon cœur. De toute fasson, tout le monde passe. Alors pourquoi la rendre maleureuse ? Un ou deux points en plus ne ferai de mal a personne et Julie ne pleurera pas. S'il vous plaît, faites un geste pour ma fille et je vous remercirai sincérement.

Merci davance de votre générosité, vous êtes bonne.

*C*orrection

Madame,

Ne gronder pas Mélanie pour la rature sur son devoir : s'est moi qui est mis 12 au lieu de 10 parce que vous vous êtes tromper, mais ne vous en faite pas, sa arrive a tout le monde.

Salutations distingués.

VII - Les certificats médicaux

Médecin étourdi

Monsieur

Veuillez croire en mon profond désolement au sujet du certificat médical pour Cindy. Notre médecin a eu une méprise, qui dès jeudi seras réparée.

Nous vous adressons notre profond respect et vous disons a bien tôt.

∞

Médecin remplaçant

Monsieur,

Théo était absent lundi car il était malade mais pas assez pour aller au médecin. Si ça peut vous rendre service, je veut bien vous faire un certifica médical pour l'absence.

Bien à vous.

Économe

Monsieur,

Dans le but de ne pas creusé la sécurité social, je n'ai pas amené Cyril au médecin.

Je le remplace donc en m'escusant pour cause de diarée.

Erreur sur la personne

Monsieur,

Je m'escuse pour l'absence a Jordan hier : en fait ce fût une tragique méprise car lui il etait pas malade et ses Kévin qui etait malade et je me suis tromper j'ai fait l'inverse vous pouvez demandé a madame T… Kévin etait en classe avec elle et du cou Jordan etait à la maison.

Pardon de tout mon ceur.

Certificat post absence

Madame,

J'ai un rendez-vous chez le médecin pour vendredi donc je demanderais le certificat à ce moment là au médecin mais on en vois pas trop la nessecité car Mildred est resté à la maison car sa petite sœur avait la rougeole. au cas où Mildred l'avait attrapée aussi puis après c'était les vacances. Maintenant si vous voulez prévenir l'académie c'est vous que ça regarde.

Bien cordialement.

Malade imaginaire

Le médecin n'a pas trouvé de maladie digne de ce nom à Paolo et a décidé qu'il devait retourner à l'école. Un coup de blues… ou de fatigue !

CQFD

Madame,

Je ne peus pas vous donée un certifica médical pour Sarah passque je nan ai pa mes elle était malade hier, mes elle ai solide et elle va pas au medessin pour sa et en plus j'ai pas dargen. Que voulé vous que je vous dise dautre ?

⨳

RTT

Monsieur,

Je vous prie de bien vouloir excuser l'absence de mon fils Guillaume hier toute la journée mais vous connaissez sans doute les difficultés que traverse actuellement l'hôpital public depuis les 35 heures. Nous avions rendez-vous à onze heures mais, sans doute à cause du manque de personnel, Guillaume n'a vu le médecin qu'à quatorze heures. Croyez bien que nos estomacs en ont été les premiers contrariés…

Cordialement,

⨳

Déficit de la Sécu

Monsieur,

Est-il necessaire de donner un certificat medical pour une dispense ponctuelle de piscine ? Je pense pouvoir juger quand une seance de piscine à un moment precis peut avoir une incidence plus grave sur la santé de Melissa. La maitrise de depense de sante publique passe aussi par la comprehension (Melissa n'a eté dispensée que de 2 seances depuis le debut de la piscine.)

※

*J*ustificatif *médical post maladie*

le 20 mars 2009

Je soussigné, docteur G…, certifie que l'état de santé de l'élève Barbara N. a justifié son absence de l'école du 2 au 20 mars 2009.

Note de l'auteur : après contact téléphonique avec le praticien capable de deviner quel était l'état de santé d'un patient trois semaines avant la date de la consultation, ce dernier a admis son « erreur ».

※

*P*ièce *à conviction*

Monsieur,

Vu qu'il est Bizarre que Sarah ai encore été malade un lundi matin

En voici la Preuve.

Comme cela Vous Vous Passerez l'envie de lui faire des reflexions.

Note de l'auteur : mot écrit au dos d'une ordonnance médicale.

Double-jeu

Classe de neige :
    Je soussigné, docteur G..., certifie que l'état de santé du jeune S... lui permet la pratique du ski.*

Dispense d'Education Physique et Sportive :
    Je soussigné, docteur G..., certifie que l'état de santé du jeune S... le dispense de toute activité sportive pour l'année scolaire.*

Note de l'auteur : ces deux certificats ont été établis lors d'une même consultation. Ni le praticien, ni le conseil de l'ordre des médecins n'ont daigné répondre à mes courriers.

Médecin incompétent

Madame,

Veuillez escusé l'absence de Jonathan lundi et mardi. Le médecin est venu mais il a di que Jonathan nétait pas malade mais moi je suis sa mère et je sais qu'il était malade alor il a pas voulu signé de certificat. La prochaine fois je changerais de médecin et vous aurez un certificat, je vous le promes. Merci de ne pas prévenir l'inspection car la prochaine fois ce sera un vrai médecin qui signera le mot et j'ai déja ressue une lettre de l'inspection.

Je vous remerci.

VIII – Les tensions maître-élève

Qui c'est qui décide ?

Madame,

Vous me donnez rendez-vous jeudi à 17h. Vous croyez peut-être que je n'ai que ça à faire ? Je travaille, moi, à cette heure-là. Je ne suis pas à votre disposition. Je vous donne donc, moi, rendez-vous le vendredi 25 à 17h.

Je vous remercie et vous adresse mes salutations distinguées.

◈

De bon conseil

Monsieur,

Je vous prie d'excuser l'absence d'Aline pour les Vendredi 29 et Samedi 30. Un certificat Médicale vous est Fourni pour cela.

De plus Aline semble assez fâcher depuis un certain Temps. Après vous, comme après certains éleves. Je pense que vous devriez essayé d'en savoir plus. Quand à moi Je pense venir vous voir très Bientôt pour que nous en parlions ensemble.

Je vous remercie de votre compréhensions et vous prie d'acceptez mes remerciement ainsi que mes Salutations distingués.

―

Erreurs judiciaires à répétition

Et encore une punition! Et encore une fois, Stéphane me dit qu'il est innocent! C'est de l'acharnement pédagogique, ça!

―

Dures conditions de travail

Monsieur,

Vous faites un métier très difficile et je n'aimerai pas être à votre place car j'avous que vous avez beaucoup de patience avec vos élèves et que vous n'avez pas le droit de les frappés même quand ils vous énervent. Je sais aussi que vous n'êtes pas bien payé. Mais moi aussi je travail dur et sans doute encore plus dur que vous et je gagne moins que vous sa c'est sûr. Alors pourquoi mon fils me dit que vous criez sur lui même quand il a rien fait ?

Fonctionnaires

Madame,

Ca vous ai facile de vous en prendre au plus petits, surtout que vous êtes fonctionaire ! Dans le privé, y a lontant que les parents vous aurez viré !

Déception

Monsieur,

L'année dernière, quand j'ai demandé que Ludovic aye dans votre classe, je croyais que vous étez gentil. Résultat : cinq notes en dessous de la moyenne depuis le début de l'année ! Croyez bien que je regrette mon choix ! Alors, s'il vous plait, essayé de redevenir comme avant.

Merci d'avance et salutations distingués.

Amateur de foot

Et un, et deux, et trois zéros! Mon fils est donc un dangereux délinquant?
Ou vous lui en voulez?

❦

Je veux en être sûr

Madame,
Vous avez fait le choix étonnant de punir Bertrand bien qu'il n'ait rien fait.
Je ne proteste pas et l'accepte.
Vous savez cependant que nous sommes dans un état de droit. J'ose donc espérer que vous avez des preuves solides car, jusqu'à preuve du contraire, un suspect est innocent avant d'être coupable. C'est l'habeas corpus. Je vous demande donc de me fournir des preuves tangibles de sa pseudo culpabilité, faute de quoi je m'autorise à porter cette affaire plus haut.
Je vous adresse mes plus sincères salutations distinguées et vous souhaite bon courage pour démêler l'écheveau de la justice.

❦

Que faites-vous ?

Monsieur,

Ca vous va bien de criyé sur mon fils mais je vous signale qui ya des anciens eleves a vous qui vendes du shit dans le hall de mon imeuble. Alors, Vous dites rien ?

❦

Vexé

Monsieur,

De quel droit vous permettez-vous de dire que mon fils est mal élevé ?

Je ne vous salue pas.

❦

De bon conseil

Madame,

Je suppose que si vous avez choisi ce métier, ce n'est pas uniquement pour les vacances scolaires. Ne croyez-vous donc pas que l'indulgence et la patience doivent être les qualités premières d'un bon pédagogue ? Pierre n'a-t-il pas le droit à l'erreur ? Pourquoi le condamner sans autre forme de procès ? Je suis prêt à en discuter avec vous si vous le souhaitez.

Dans l'attente,

Courageux mais pas téméraire

Monsieur,

Jonathan me dit que vous l'avez encore engueuler. Ferez vous pareil si il mesurait 2 m et qui pesai 100 kilos ?

En revoire.

Il y a pire

Monsieur,

Je vous conseille aimablement de vous abonner au canard enchainé. Vous verrez alors que ce qu'a fait Jonathan n'est rien en comparaison d'autres personnes plus puissantes qui s'en sortent les mains propres. Pourquoi alors le punir ?

Salutations

*R*elations *sadomaso*

Madame,

Vous m'avez l'air gentille, sensé, équilibré et soucieuse du développement de vos élèves. Vous n'êtes pas quelqu'un de sadique, j'en suis convaincu. Quel plaisir éprouvez-vous donc à systématiquement sanctionner Thibaud, même et surtout quand il ne fait rien ? En tout cas, lui n'est pas maso et déteste cela. Je vous demande donc de cesser vos pratiques d'un autre âge.

Je vous salut.

⁂

*P*ingre

Madame,

Il me semble que, depuis Jules Ferry, l'école est gratuite, laïque et obligatoire. Avez-vous noté le mot gratuit ? Alors pourquoi demandez-vous d'acheter un livre ? Je suis libre de dépenser mon argent comme je le veux.

Salutations distinguées.

⁂

*D*étail qui a son importance

Luc me précise qu'il a fait sa bagarre dans la cour et non dans le restaurant. J'ai remarqué depuis l'an dernier que mon fils a toujours Tort jamais raison, il est toujours l'agresseur jamais l'agressé. Conformément au règlement, je suis d'accord que vous appliquiez les mesures qui s'imposent en cas de récidive et souhaite par conséquent que mon fils bénéficie de la même indulgence au même titre que ses camarades.

***

CQFD

Monsieur le directeur,

Madame Dupont* m'a dit vendredi soir que ma fille posait problème. Mais, vu qu'à la maison elle est adorable, je ne vois pas pourquoi elle ferait des bêtises à l'école. C'est donc bien madame Dupont qui pose problème et non Charlène. Merci de bien vouloir intervenir auprès d'elle.

Respectueusement,

* Collègue professeure des écoles

*N*erveux

Monsieur,

    Maintenant sa sufi laché mon fils ca comensse a bien faire.

    C'est moi son père et ses mon problème.

    Je préfère pas me déplassé car le juge ma di qui fallait plu que je ménerve.

IX - Les difficultés scolaires

Épuisement

Monsieur

Nous avons passer 1 h 30 à faire les devoirs à Magali avec beaucoup de difficultés.

Je vous prie de bien vouloir m'excusez mais elle n'a fait que la moitié de l'exercise et je l'ai faite arrêter ensuite car je pense que 1 h 30 c'est déjà beaucoup après l'école et pour ma part je n'y ai pas plus compris qu'elle.

Merci

Erreur génétique

Monsieur,

Je suis sincèrement désolée et vous avoue mon incompréhension la plus totale : autant Adeline, que vous avez eu, était brillante car elle est aujourd'hui en 4ème, autant Mathieu a du mal. Il n'est pourtant pas bête, je vous promet. On les élève de la même manière et ils ont chacun leur chambre. C'est donc un mystère pour mon mari et moi. Peut-être un problème de cromosomes ?

Je suis désolée pour vous.

À défaut de grives...

Monsieur,

Au vu des résultats catastrophiques de Stéphanie, connaîtriez-vous un professeur de mathématiques, ou même un simple instituteur, qui accepterait de lui dispenser quelques cours ?

Je vous remercie d'avance.

Incompréhension pédagogique

Monsieur,

Dans le cahier de lecture et d'expression écrite de ma fille, vous indiquez en haut de la photocopie, je cite : « test de closure ».

Pouvez-vous m'informer sur la signification de

ce terme ? par avance, je vous en remercie, et vous prie de croire, Monsieur, en l'assurance de mes sentiments les meilleurs.

~~~

Drapeau blanc

Madame,

Laissez tombé pour Mike : moi même j'y arrive pas. Quand il fait sa tête de lard on ne peus rien tiré de sa caboche et sa démange les mains. Je vous autorise à le punir.

Signé : son père

PS : et encore bravo d'arrivée a pas vous énervez ! Respet !

~~~

Abandon

Madame,

Veuillez m'excusée, mais je ne peus plus aidé Benjamin pour ces devoirs : c'est trop difficile. On est pas au lycé !

Sincères salutations

~~~

*G*énie en devenir

Monsieur,

Veuillez ne pas trop accabler mon fils pour ses mauvaises notes. Einstein n'était-il pas lui-même un piètre élève ? Nul ne sait donc ce que lui réserve l'avenir…

Merci de votre compréhension.

❦

*M*éprise

Monsieur,

Vous me demandez de signé un papier de Projet Personnel de Réussite Educative. Mais moi, je n'ai pas envi de refaire des études ! C'est a Cédric qui faut dire ça parce que il en fout pas une !

❦

À quoi ça sert ?

Monsieur,

Je vous demande de bien vouloir laissez mon fils tranquile quant il a des mauvaises notes. quant on voit le chomage actuel avec des gens qui sont pleins de diplomes, on se dit que il vaut autant mieux profité de leur jeunesse. Ne vous en faite pas pour lui, il fera comme son père plus tard, il se débrouyera.

Merci.

❦

*I*nterrogation *métaphysique*

Après les fêtes de fin d'année, Dorian a pris la bonne résolution de ne plus écouter en classe et de ne plus rien faire. Est-ce normal ?

❦

*L*e *niveau monte*

Monsieur,

Je suis désolée pour le devoir à Dimitri : je ni arrive pas. Il faut pas le grondé il ni est pour rien il travail et il fait des efforts je vous en supplis Monsieur. Et dire qu'on dit que le niveau baisse tous les ans ! Tous ceux qui disent ça ont qu'à retourné voir ce qui se passe à l'école et faire les devoirs à leurs enfants au lieu de resté dans les bureaux !

Bonne journée.

❦

Je vais craquer

Monsieur

J'aimerai vous voir au sujet d'Hélène. Pourriez-vous m'accorder un rendez-vous parce que vraiment je ne comprend rien a ses devoir et leçons.

※

C'est celui qui dit qui y est

Madame,

Je vous l'accorde aisément : mon fils n'est pas forcément doué pour les études, bien qu'il soit un peu tôt, à mon avis, pour lui prédire une vie d'enfer, ce qu'apparemment vous faites avec une joie non dissimulée. Est-ce donc une raison pour l'abreuver de remarques désobligeantes et autres sarcasmes ? Vous-même, aviez-vous le potentiel intellectuel pour faire polytechnique ? Faites-vous appel à un centralien lorsque votre robinet fuit ?

Salutations distinguées.

※

X - Les confidences personnelles

Cloche de bois

Je soussigné madame X... certifie retirée ma fille Judith de l'école a daté de vendredi soir.

PS : je vous fait confiance pour votre secret car persone nait au courant

---

Hérédité honteuse

Madame,

J'ai l'honneur de vous informer que mon fils sera absent jeudi et vendredi car il doit se faire opérer d'un endroit particulier que seuls les hommes possèdent. Mon mari ne vous a rien dit l'autre jour car le problème vient de son côté et il est un peu gêné d'en parler. Je vous remercie de ne pas le crier sur tous les toits et de ne pas signaler la cause de l'absence à monsieur le directeur.

Vous remerciant de votre discrétion, je vous prie d'accepter mes salutations les plus distinguées.

⁂

*C*ontraception

Madame,

Veuiller escusé mon fils qui en se moman na pa le tant de faire ses devoirs passque je suis encore enceinte passque mon ex mari est revenu me voire et sa na pas loupé pourtan sétait juste une fois. Du cou je vomi tout le tant et Franck pleure a la maison passque je cri et il doit socupé de ses frères et seurs mais moi je ne peus pas.

⁂

*B*elle-mère

Monsieur,

Veuillez excuser l'attitude actuelle de ma fille et ses sautes d'humeur : elle vient de perdre sa grand-mère et n'a pas trop le moral car elle l'aimait beaucoup. Si vous souhaitez nous rencontrer, faites plutôt appel à moi car ma femme a du mal à s'en remettre. Je suis actuellement le seul de la famille à bien supporter ce coup dur.

Bien respectueusement,

Énurésie nocturne

Monsieur,

Votre projet de classe de mer est très intéressant, mais se heurte à un problème de taille pour Antoine : il est encore incontinent. Avez-vous une solution pour que cette infirmité passagère reste cachée à ses camarades ?

Je vous remercie de votre compréhension.

Entre femmes

Madame,

Comme vous l'avez sans doute remarquée, ma fille grandit et porte des soutiens gorges. A mon avis, d'un jour a l'autre, elle va avoir ses ragnagnas (je vous le dis parce que vous connaissez le problème). Je vous demande donc l'autorisation de la laissée allée aux toilettes pour faire se que l'on fait dans ce cas la.

Merci de votre compréhension de femme.

*F*emme bafouée

Monsieur,

Si Pascal est un peu dérangé en ce moment, ce n'est pas sa faute. Mon mari a en effet eu l'outrecuidance de mettre mon honneur à mal, ce qui a des conséquences fâcheuses sur notre vie quotidienne. J'étudie donc les différentes possibilités avec mon avocat. Je vous tiendrai au courant.

Je suis sincèrement désolée et vous salue respectueusement.

*P*roblème de couple

Madame,

Je vous écrit ces quelques phrases en toute confidentialité (c'est pour ça que l'enveloppe était scotché) pour vous dire qu'en ce moment a la maison c'est chaud bouillant car mon mari est un monstre assoifé de sexe qui saute sur tout ce qui bouge. Notre fils en subit évidemment les conséquences et ne travaille plus en classe. Ne vous en faite pas, quand je l'aurai dégagé, il ira chez ses pétasses et tout ira mieux pour Yannn.

Merci de votre discrétion.

Cherche l'âme sœur

Madame,

Je vous remercie de tout ce que vous faites pour ma fille parce que depuis que ma femme est partie, j'ai un peu de mal à assurer à la maison.

Je souhaiterais vous exprimer ma gratitude en vous invitant au restaurant, un soir. Que pensez-vous de cette idée?

Cordialement,

Mensonges d'état

Monsieur,

Jordann va avoir 5 rendez-vous chez la psychologue au CMPP.

Nous n'avons pas eu le choix ni du jour ni de l'heure. Cela aura donc lieu le jeudi à la première heure de l'après-midi. Il doit être dans les locaux à 13h30 précis. Il a 10 minutes de trajet en vélo. Il faut donc qu'il sorte avant l'ouverture officielle des portes. Cela desespère Jordann de ne pas assister à la musique. Mais surtout, il ne souhaite pas que ses camarades sachent qu'il va en rendez-vous chez une psychologue.

Aussi, nous avons convenu d'inventer des rendez-vous chez le dentiste, l'orthodontiste, l'ophtalmo etc... J'en préviens bien sûr Madame Dupont.

Bien à vous,

XI – Les œuvres épistolaires

Besoin d'aide

Monsieur Pierre Routand,
Directeur d'établissement

La rumeur m'a appris qu'il y a peu de temps, dans votre établissement, un grave problème de discipline, allant jusqu'à un dépôt de plainte au commissariat, a vu le jour.

Si ce bruit s'avérait, j'aimerais que vous m'autorisiez, s'il l'agrée, à rencontrer l'institutrice ou l'instituteur concerné.

Ne retenez dans cette requête aucun voyeurisme. Il ne s'agit que d'une étude de travail au cas par cas et confidentielle sur le sujet de la sécurité dans les établissements scolaires.

Si vous l'acceptez, cette rencontre se fera en compagnie d'un élu local membre de la commission municipale concernée.

Je compte sur votre impartialité et sur votre haut sens professionnel et, dans l'attente, vous prie de croire, Monsieur le Directeur, en ma considération.

⁂

L'inspecteur mène l'enquête

Monsieur,

Mon éducation et ma situation professionnelle font de moi un homme respectueux de la discipline.

Toutefois, aujourd'hui, je transgresse cette règle au sujet d'une punition infligée à mon fils Sylvain sur instructions, semble-t-il, de Monsieur Milot.

N'y voyez aucune rébellion, mais, si je considère la punition comme acte de stabilité psychologique chez l'enfant, j'attends de l'administrateur qu'elle soit proportionnelle à la faute commise.

A l'énoncé du verdict, Sylvain m'a semblé plus touché par sa disproportion que par la punition elle même, il semblerait également qu'elle n'est pas égale pour tous. Cela appelle en moi une question : Sylvain serait-il devenu un fauteur de trouble ?

Aussi aimerais-je que tous les éléments de cette affaire me soient communiqués, d'autant plus si les déclarations de mon fils s'avèrent sur le fait que

Monsieur Milot lui aurait fait mettre en bouche, en cuisine, des feuilles de végétaux tombées à terre.

Afin d'éclaircir ce triste malentendu, il me serait fort agréable d'être confronté aux membres de l'établissement scolaire pouvant être mis en cause, à, savoir : Monsieur Milot et Madame Dalbert qui surveillait la cour de récréation au moment de l'événement. Je demande également votre présence à cette rencontre potentielle, vous qui connaissez bien Sylvain étant à même d'éclairer les intervenants sur sa personnalité.

Après avis de Monsieur Milot, je vous saurais gré de bien vouloir me donner acte de la décision qui sera prise pour faire suite à ma demande.

Dans l'attente, je vous prie de croire, Monsieur, en ma considération.

⟨⟩

Aide au travail

Monsieur,

Je vous prie de bien vouloir excuser l'absence de mon fils Serge à la classe des 18 et 19 courant.

Un problème familial peu grave mais néanmoins suffisamment important pour que nous y attachions une extrême attention nous à contraint à un déplacement en province éloignée.

Au sujet d'un éventuel besoin de rattrapage d'un retard d'étude, je vous saurais gré de bien vouloir remettre à Serge les éléments nécessaires à me charger de ce travail.

Je vous prie de croire, Monsieur, en ma considération.

―

Ordre et contrordre

Monsieur,

Comme je vous ai demander la semaine passer de ne plus laisser Pauline aller au toilette lorsqu'elle était en classe.

Je vous prie de bien vouloir m'en excusez mais il y a un changement, car ce week-end j'ai été dans l'impossibilité de ne pas l'envoyer chez son père comme nous en avons parler. j'ai un doute qu'il soit responsable de ses problèmes d'urines, il se trouve que lorsqu'elle est rentré elle était mouiller. Alors si vous pouviez la laisser y aller lorsqu'elle le demande ceci m'éclairerai plus sur la situation.

Pauline n'a pas connaissance de cette lettre sinon elle pourrait en profiter.

Merci de votre compréhension.

Allo *Sigmund*

Monsieur,

Je pense que le comportement de Maxime le premier jour de la rentrée est toujours difficile. Je sais qu'il a du mal à s'endormir et j'ai choisi de le coucher tard plutôt que de laisser son anxiété s'amplifier car il s'endort au bout de plusieurs heures.

Ce côté « j'm'en foutisme » que vous avez pu observer aujourd'hui est avant tout dû à de la fatigue.

Ce n'est effectivement pas normal, je ne l'excuse pas mais je peux l'expliquer et le comprendre. De plus Maxime est en pré-puberté ce qui change énormément son comportement. Je fais mon possible pour « redresser la barre », jouer le rôle de la mère et du père n'étant pas toujours évident.

Un bon point : je sais qu'il vous aime bien et qu'il vous respecte beaucoup.

Sentiments les meilleurs et tous mes vœux pour cette année qui vient juste de commencer.

⊙≷⊙

Le petit chaperon rouge

Bien reçu votre réponse à mon mot dans ce carnet de liaison du 9/10/09.

Oui excusez moi de m'être irrité avec excès que vous n'ayez pas laissé Jérémy se rendre à Triffouillis les oies comme nous l'avions prévu. Heureusement que des amis qui passaient par là aient pu ramener Jérémy de l'arrêt du bus à la maison en lui évitant les trois kilomètres à pied sur la petite route de campagne. Mais imaginez que, pris dans la tempête, il ait été attaqué par les loups ! Bien sûr, votre responsabilité n'aurait pas été engagée mais nous aurions eu tout de même quelque raison de faire la gueule, non ?

Bizoux
le 3 XII 09

XII – Les menaces

Formation identique

Monsieur,

Vous sanctionez mon fils, très bien. Mais me prenez pas que pour un idiot : j'ai été à l'école tout comme vous. Je connais comment ça marche et je sais que vous êtes comme tous le monde vous avez un chef alors punissez un peu les autres.

Avec tout le respet que je vous doit quand même.

⨳

Le bras long

Madame,

Etienne me jure sur sa tête qu'il n'a rien fait.

Je ne conteste pas le fait que vous soyez maîtresse des lieux dans votre classe. Mais vous savez qu'il est plus grave de condamner un innocent que de laisser un bavard en liberté.

Et ce que vous ne savez peut-être pas, c'est que moi aussi je travaille à l'éducation nationale...

J'espère donc que vous arrangerez rapidement l'affaire en levant cette punition injuste.

Cordialement,

❦

Hiérarchie

Monsieur,

J'ai un patron, mais vous aussi, et même plusieurs je crois savoir. Alors si vous vous acharnez sur Richard qui n'a rien fait, ça n'en restera pas là, croyez-le.

Salutations.

❦

Amitié hiérarchique

Madame,

Je vous remercie de m'informer que ma fille ne cesse, paraît-il, de bavarder en classe (alors qu'à la maison elle est quasiment muette, comme c'est bizarre).

Sans doute me remercierez-vous à votre tour lorsque je vous aurais informée que mon mari pratique la même activité culturelle que votre inspecteur.

Salutations distinguées.

❦

*P*ris sur le fait

Monsieur,

Je vous informe aimablement que je vous ai vu et entendu cette nuit. Rassurez vous, je suis muet comme une tombe, mais pensez-y à l'avenir avant de sanctionner mon fils…

❦

*D*ifférend historique

Monsieur,

Votre version concernant Robespierre le sanguinaire qui serait en fait doux comme un agneau est pour le moins étonnante de la part d'un professeur payé par l'état et soumis au devoir d'obéissance. Je serais curieux d'avoir l'opinion de votre ministre sur ces pratiques pédagogiques pour le moins contestables.

Je compte sur votre honnêteté intellectuelle pour rétablir la vérité conforme aux programmes que vous vous devez d'appliquer.

Salutations.

※

J'vais l'dire à ma mère

Monsieur,

Imaginez un peu que les parents vous punisse comme vous vous punissez mes enfants? Et si on se plaignait de vous a l'inspectrice comme vous vous vous plaignez de mes enfants? Vous y avez pensé à sa? Et un poste loin d'ici et loin de nous, sa vous plairait?

Et je vous signale que je ne vous insulte pas alors vous pouvez pas porté plainte.

Au revoir cher monsieur

※

Nouvelles technologies

Monsieur,

Vous jouez les petits caporaux (vous voyez, moi aussi je connais Napoléon) dans votre école en condamnant mon fils qui est innocent, mais sachez qu'il me suffit d'aller sur internet pour avoir les coordonnées de l'inspection !

A bientôt peut-être dans le bureau de votre inspecteur, il n'en tient qu'à vous !

❦

Au voleur !

Monsieur,

Je vous somme de rendre immédiatement le portable de Jules. La marge entre confiscation et vol est en effet trop étroite pour que vous preniez ce risque pour votre carrière…

Salutations distinguées.

❦

Raciste

Madame

J'ai bien vu que vous punisser souvant les gens de couleurs. Attention car je connait SOS raciste et le RAP*

* Note de l'auteur : le père d'élève voulait sans doute parler de SOS racisme et du MRAP !

❦

XIII - Les demandes diverses

Sportif

Monsieur,

Charles a malencontreusement jeté ses clés sur le toit du préau. Y aurait-il parmi l'équipe pédagogique un homme suffisamment fort et galant pour aller les récupérer ?

Je vous remercie de votre sollicitude.

❦

Tous les moyens sont bons

Monsieur,

Ce mot est une ruse : c'est juste un prétexte pour que vous voyez Alexandra car en ce moment au collège elle file un très mauvais coton. Vu que quand vous l'avez eu elle ne bougeait pas et elle travaillait bien, j'ai pensé que vous pourrez la gronder et lui faire comprendre que dans la vie il faut travailler.

Je vous remercie de votre complicité et vous souhaite bonne continuation.

Témoignage

Madame,

Pouvez-vous m'écrire que vous certifiez sur l'honneur que je suis une bonne mère parce que autrement ils vont me prendre Anissa au tribunal et si elle va avec son père se sera terible pour elle et pour moi et son frère !

Merci madame.

Frais de garde

Madame,

Dimitri m'a dit que vous cherchez quelqu'un pour garder le hamster de la classe pour Noël. Ce service devra t'il être grâcieux ?

Sinon, nous acceptons.

Lapsus orthographique révélateur

Monsieur,

J'ai parié avec mon mari que Louis XIV était mort de la gangrène. Quand pensez-vous?

Merci de nous départager!

―――

Intermédiaire

Monsieur,

On par en vacances le 20 et on voudré pas que l'inspection nous embètes parce que on a déja ressu 2 lettres. Sa seré cool si vous les prévené pour nous. Merci.

―――

Crédule

Madame

Etait vraie que les eleves avaient droit de faire grève en date du 06/03?…

Merci.

*P*lan drague

Monsieur,

J'ai l'honneur de vous demander qu'en septembre mon fils soit discrètement mis avec le fils de madame H…

Je vous remercie très sincèrement et vous souhaite d'excellentes vacances.

*S*oupçonneux

Monsieur

Je souhaitrais vous rencontrer car j'ai l'impression que Nicolas me cache des devoirs et leçons

Salutations distinguées

*C*achottière

A monsieur Dupont

S'il vous plait, pourrais je savoir où Fatima fait ses devoirs à l'écrit ?

Avec mes salutations.

Au voleur !

Monsieur.

en huit jours Sarah à soi disant perdu 2 blousons le premier un coupe vent Bordeaux «CREEKS» et lundi le second une veste en jean's bleu ciel je n'ai rien dit la première fois mais là, c'est TROP c'est pourquoi je vous demanderai de la faire chercher correctement, et si rien n'était retrouvé que pourrai je faire car vous savez moi je ne les ai pas gratuitement les vêtements et là c'en est TROP.

Merci par avance
Salutations

Exploitation sexuelle

Bonjour,

Le CMPP m'a proposé une rencontre avec la psychologue demain à 13 h 30.

De ce fait, Laura sera absente demain en début d'après-midi.

Il faudrait qu'elle soit sur le trottoir devant l'école à 13 h 15.

Avec mes remerciements,

Il faut serrer la vis

Monsieur,

Cela fait 2 jours que Suzie soit disant oublie son cahier de poésie je vous demanderai de bien vouloir lui faire apprendre ce matin à la place d'aller en récréation car 2 jours de suite cela me parait bizarre.

Pourriez vous aussi vérifier que le soir elle rentre avec le travail demande.

Serait-il possible aussi de connaitre la conduite de Suzie en ce moment en classe car lors de son dernier livret la conduite était inadmissible.

Merci par avance
Salutations

―――

Telévore

Madame la maîtresse

Il parait qu'a la cantine les surveillants obliges Joris a finir son assiette meme si c'est degueulasse !!! On est pas a Koh lanta quand meme !!! Pouvez vous faire jouée de votre autoritée SVP ?

Merci d'avance vous etes gentille

On a déjà donné

Monsieur,

Je ne comprend pas pourquoi vous demandez 3 € alors que j'ai payé 15 € de coopérative. Veuillez m'expliquer.

❧

À sec

Monsieur,

Pouvez-vous SVP m'appeler au 06 01 02 03 04 car je n'ai plus de crédits.

Merci.

❧

XIV - Les parents au quotidien

Sévérité parentale

Monsieur,
J'ai déchiré une page sur le cahier du jour par ce n'était pas lisible.

⟨⟨⟩⟩

J'assume

Madame,
J'avais pris ma responsabilité je dois m'acquitté. C'est ne pas par ce qu'Otman est le seul a n'avoir pas payé, alors que je vous aviez envoyé un message verbal à propos de ça.

⟨⟨⟩⟩

*P*résentation

Bonjour.

Je suis la maman à Hajer. Je voudrais vous voir le jeudi

Merci

---

*M*aladroite

Justine, elle a fait tomber son cahier de leçon dans l'évier

Merci de vôtre compréhension

---

*F*ayot

Monsieur F.

Ci-joint en espèces 20 € pour la MAE et 15 € pour la coopérative.

Tout en vous souhaitant une très heureuse année en compagnie de vos élèves et de mon fils en particulier, Jean-Dionis G.

Recevez, Monsieur, mes très sincères salutations

Petit frère, petit diable

Monsieur

Escuser moi pour le dessin du pan. Son petit frère lui à dechirer.

Merci d'avence.

―――

Fait accompli

Je vous ai mis un mot hier je n'ai pas eu de réponse en plus je me suis trompé sur l'heure du rendez-vous donc je considère avoir votre accord et je vous demande de bien vouloir laisser Julie quitter l'école à 15h au lieu de 15h30 (je m'en excuse encore)

En cas de désaccord de votre part je vous demande de me joindre au 01.60.01.02.03 avant midi si cela vous est possible.

Merci par avance. Salutations.

Bonnes vacances.

―――

XV - Les remerciements

Étrennes

Monsieur

Nous tenons, ma femme et moi, à vous souhaitez un joyeux Noël et une bonne année. Veuillez trouvé ci-joint un petit billet pour vos étrennes.

PS : si nous ne le fesons pas, c'est surement pas votre ministre qui le fera !

Pas rancunier

Monsieur,

Merci pour cette excellente année scolaire. On vous avoue maintenant qu'à la rentrée Corentin vous détestait mais en juin ça a été. Mais nous, les parents, on vous a toujours aimé.

*P*assage de justesse

Monsieur,

J'espère que Sandrine vous a remercié : elle ne méritait pas de passer, vous êtes trop gentil !

~~~

*C*ondescendance

Monsieur,

Comme vous le savez, nous déménageons. Nous tenons, avant de partir, à vous remercier chaleureusement pour votre dévouement à la cause des enfants. Charlotte gardera un excellent souvenir de vous. Nous vous souhaitons très sincèrement de ne pas végéter trop longtemps dans cette école.

Bon courage et bonne chance pour la suite de votre carrière.

Avec nos respectueuses salutations.

~~~

*V*ive la méthode traditionnelle

Madame,

Nous vous remercions de votre travail et de votre gentillesse tout au long de cette année scolaire. Grâce à vous, Bertrand a bien progressé. Continuez votre méthode : les ministres réformateurs passent et les bons enseignants restent !...

Un bienfait n'est jamais perdu

Monsieur,

Je vous remercie sincèrement d'être intervenu pour que Pierre ne se fasse plus embêter dans la cour. Si vous avez un problème, n'hésitez pas à me contacter : vous n'aurez pas affaire à un ingrat.

Bien respectueusement,

Note de l'auteur : le papa est policier municipal !

Connaisseur

Monsieur le directeur,

Je m'adresse à vous car vous êtes la voix hiérarchique. Félicitez mademoiselle X… de ma part car elle a été une instit vraiment super pour ma fille. Et en plus elle est mignonne, se qui ne gate rien, n'est-ce pas !

Chauffard

Madame,

Je vous remercie très sincèrement d'avoir raccompagné Mickaël chez moi hier soir suite à un problème personnel. Une chose m'inquiète cependant : il ma dit que vous conduisez mal. Rassurez-vous, je ne l'ai pas cru.

En tout cas, merci beaucoup.

Non vénal

Monsieur,

Je vous adresse mes plus chaleureux remerciements pour la classe de neige de Sébastien. Il est ravi de son séjour au ski. Je me rappelle, le jour du départ, quand vous aviez refusé le billet que je vous proposais pour prendre soin de lui.

Malgré cela, il m'a dit que tout s'était très bien passé et que vous avez été attentif à ses problèmes. Vous êtes quelqu'un d'intègre et je ne l'oublierai jamais.

Très sincèrement,

Apprenti poète

Monsieur,

Après une année scolaire bien remplie, nos destins se séparent. Le bout de chemin que nous avons fait ensemble a été ensoleillé par votre sourire et semé de bonnes notes pour notre fille, ce qui nous a beaucoup réjouis. A l'heure de la séparation, les larmes que verse Tiffany sont aussi nombreuses que les gouttes de rosée un matin de juillet. Puissiez-vous faire encore longtemps fructifier les cerveaux des enfants que les parents vous confient!

Brillant avenir, en toute modestie

Monsieur,

Nous vous remercions chaleureusement pour, n'ayons pas peur des mots, la brillante année de François. Grâce à vous, il est parfaitement armé pour ses études secondaires.

S'il réussit Polytechnique ou l'ENA, une part de sa gloire rejaillira sur vous. Nous vous tiendrons au courant.

Bonnes vacances et meilleures salutations.

Problème de température

Monsieur,

Merci pour le pantalon que vous avez prêté à Lucille lautre jour. Maleureusement, il a pas suporté la machine a laver.

Course familiale

Monsieur,

Merssi pour le passage en 6ème a Kevin. ces grace a vous que il va ratrapé son cousin qui redouble. merssi encor

Sherlock Holmes

Monsieur,

Nous tenons à vous adresser nos plus chaleureux remerciements pour avoir retrouvé le voleur du portable de notre fille.

Ah! Si seulement la police était aussi efficace que vous!

Merci encore, et bon week-end à vous.

---------------- LES REMERCIEMENTS ----------------

Comme quoi !

Monsieur,

Je vous remercie pour l'attention que vous avez porté à mon fils et pour lui avoir fait découvrir que l'école pouvait être un lieu de bonheur et de plaisir.

⁂

Table

Avant-Propos 7
I – Les tensions entre élèves 13
II – Les poux 23
III – Les absences 29
IV – Les retards 41
V – Les contestations diverses 49
VI – Les contestations de notes 59
VII – Les certificats médicaux 65
VIII – Les tensions maître-élève 73
IX – Les difficultés scolaires 83
X – Les confidences personnelles 89
XI – Les œuvres épistolaires 95
XII – Les menaces 101
XIII – Les demandes diverses 107
XIV – Les parents au quotidien 115
XV – Les remerciements 119

Achevé d'imprimer par GGP Media GmbH, Pößneck
en juillet 2011
pour le compte de France Loisirs,
Paris

N° d'éditeur : 64940
Dépôt légal : juin 2011
Imprimé en Allemagne